Tema: El otoño   **Subtema:** Los colores

Notas para padres y maestros:

¡Es muy emocionante que un niño comience a leer! Crear un ambiente positivo y seguro para practicar la lectura es importante para animar a los niños a cultivar el amor por ella.

RECUERDE: ¡LOS ELOGIOS SON GRANDES MOTIVADORES!
Ejemplos de elogios para lectores principiantes:
• ¡Tu dedo coincidió con cada palabra que leíste!
• Me gusta cómo te ayudaste de la imagen para descifrar el significado de esa palabra.
• Me encanta pasar tiempo contigo y escucharte leer.

¡Ayudas para el lector!

Estos son algunos recordatorios para antes de leer el texto:

• Señala con cuidado cada palabra que leas para que lo que dices coincida con lo que está impreso.

• Mira las imágenes del libro antes de leerlo para que notes los detalles en las ilustraciones. Usa las pistas que te dan las imágenes para entender las palabras de la historia.

• Prepara tu boca para decir el sonido inicial de una palabra y ayudarte a entender las palabras de la historia.

Palabras que debes conocer antes de empezar

arco iris

cepillo de dientes

empacar

libro

manta

piyama

púrpura

verde

Un viaje a casa de la abuela

Rourke
Educational Media
rourkeeducationalmedia.com

De Carolyn Kisloski

Ilustrado por
Srimalie Bassani

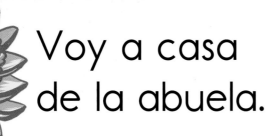

Voy a casa
de la abuela.

Tengo que empacar.

5

¿Qué necesito?

Necesito mi bolsa roja.

Mi piyama es naranja.

La pongo en mi bolsa.

Mi juguete es amarillo.

Lo pongo en mi bolsa.

Mi manta es verde.

La pongo en mi bolsa.

Mi cepillo de dientes es azul.

Lo pongo en mi bolsa.

Mi libro es púrpura.

Lo pongo en mi bolsa.

Mi bolsa está llena.

¡Mira! Tengo un arco iris en la bolsa.

Estoy lista.

¡Ya quiero ver a la abuela!

Ayudas para el lector

Sé...

1. ¿A dónde iba la ranita?

2. ¿De qué color era su bolsa?

3. ¿Qué había en su bolsa después de que terminó de empacar?

Pienso...

1. ¿Alguna vez has ido a casa de tu abuela?

2. ¿Qué empacaste cuando fuiste?

3. ¿Te gusta ir a casa de la abuela?

Ayudas para el lector

¿Qué pasó en este libro?
Mira cada imagen y di qué estaba pasando.

Sobre la autora

Carolyn Kisloski ha sido maestra toda su vida y actualmente enseña en el kínder de la escuela primaria Apalachin, en Apalachin, NY. Está casada y tiene tres hijos. Le gusta pasar tiempo en la playa y en el lago, jugar y estar con su familia. Carolyn vive actualmente en Endicott, NY.

Sobre la ilustradora

Desde que Srimalie era niña, su madre le inculcó la pasión por el dibujo y la pintura, y siempre fomentó su expresión artística. Su obra está llena de sorpresas. Es difícil sacarla de su escritorio, donde mantiene una pila de libros, páginas, tazas de té de muchos colores y también entretiene a su gata gorda.

Library of Congress PCN Data
Un viaje a casa de la abuela / Carolyn Kisloski
ISBN 978-1-64156-349-9 (hard cover - spanish)
ISBN 978-1-64156-037-5 (soft cover - spanish)
ISBN 978-1-64156-113-6 (e-Book - spanish)
ISBN 978-1-68342-704-9 (hard cover)(alk. paper)
ISBN 978-1-68342-756-8 (soft cover)
ISBN 978-1-68342-808-4 (e-Book)
Library of Congress Control Number: 2017935350

Rourke Educational Media
Printed in the United States of America,
North Mankato, Minnesota

Editado por: Debra Ankiel
Dirección de arte y plantilla por: Rhea Magaro-Wallace
Ilustraciones de tapa e interiores por: Srimalie Bassani
Traducción: Santiago Ochoa
Edición en español: Base Tres